Jeunesse

LA PLUS GRANDE
LETTRE DU MONDE

Nicole Schneegans

LA PLUS GRANDE LETTRE DU MONDE

Rageot éditeur

© RAGEOT-ÉDITEUR - PARIS, 1983-1992.
© Hachette Livre, 2000, 2001 pour la présente édition.

1

Chouc's,

(« *Ma chérie* » *ferait ridicule. Alors je t'appelle Chouc's avec* « *apostrophe* » *à la fin, pour marquer la possession, comme en anglais. En plus, c'est chic, Chouc's, non ?*)

On ne devrait jamais commencer une lettre par une parenthèse, je sais, mais je le fais quand même ; qui m'en empêcherait ? Sur ce cahier je te dirai tout ce que je veux, comme je veux, quand je veux. Je te l'offrirai le jour de notre mariage. Ce sera la plus grande lettre du monde.

Je ne te connais pas ; à moins que je ne te connaisse sans savoir qu'un jour tu seras ma femme.

J'ai décidé de t'écrire à partir d'aujourd'hui pour que tu saches qui je suis maintenant et tout ce qui m'arrive depuis onze ans que ça dure.

Si mes prévisions sont bonnes, tu es déjà née ; tu as entre huit et dix ans, tu vas en classe, tu manges, tu dors, quelque part près d'ici, ou alors en Amérique, allez savoir, avec la vie.

Je me demande encore parfois s'il y a un Dieu qui se promène au-delà de l'espace et qui organise les choses, ou simplement les observe. Si oui, il est peut-être en train de nous considérer chacun dans notre territoire, en sachant fort bien qu'un jour nous nous rencontrerons.

J'aimerais bien qu'il y ait un Dieu, mais c'est difficile pour moi d'y croire en ce moment.

Quand j'ai voulu, un jour, parler de ce problème avec Mam's, elle m'a lancé un regard froid et une drôle de phrase : « Ceux qui ne croient pas en Dieu n'ont pas d'imagination ; or l'imagination est une preuve de l'existence de Dieu. » Si tu t'y retrouves, préviens-moi quand on sera grands, Chouc's.

Pour l'instant, je suis dans ma chambre. Mon cartable est prêt pour demain. G.P. croit que je dors. G.P., c'est Grand-Papa (et Mam's, c'était Grand-Mam's, c'est-à-dire Grand-Maman).

Après le repas du soir, G.P. travaille dans son bureau. Le matin, on avale notre petit déjeuner tous les deux, dès que Julia arrive. Ensuite je prends le bus avec Nelly et Loulou, des voisins, pour aller au collège à Clermont. Je suis en sixième. Je mange à la cantine. À cinq heures dix, on reprend le bus. Si G.P. est là lorsque je rentre, il vient me faire une bise et me pose des questions sur mon travail. Le soir, nous dînons en tête-à-tête avec la télé.

En fait, si je t'écris, c'est que j'ai un grave problème depuis huit jours : je ne peux plus parler. Je vois bien que G.P. commence à s'inquiéter, mais rien à faire, je suis coincé.

Le médecin a dit : « C'est le choc, ne vous tourmentez pas, tout va rentrer dans l'ordre dans quelque temps. »

En attendant, je me tais. C'est embêtant, parce que j'étais assez bavard avant, et parce que cette affaire me donne un air triste. Or, Grand-Mam's, quand elle était encore vivante, m'a demandé de m'occuper de G.P. et de lui changer les idées.

Je sais qu'elle a demandé la même chose à Julia, seulement Julia n'est pas là tout le temps.

Grand-Mam's est morte il y a huit jours. Elle ne te connaîtra pas.

Naturellement, avant de nous marier, nous nous serons connus depuis longtemps et je t'aurai expliqué pourquoi c'est Grand-Mam's et G.P. qui m'ont élevé. Mais, en t'écrivant, je m'embrouille. Parfois je m'adresse à toi comme tu es maintenant, parfois

9

à toi comme tu seras plus tard. Si je meurs avant de t'avoir connue, comment te faire parvenir ce cahier ? Personne ne saura que c'était toi, ma future épouse. Là, je perds les pédales. Je voulais simplement te raconter mon histoire.

Mon histoire me fait l'effet d'une histoire, je t'assure. Je la connais, mais j'ai l'impression qu'il s'agit de quelque chose que j'aurais lu dans un livre. J'espère qu'elle finira par : « Ils vécurent heureux et eurent beaucoup d'enfants » et que cette fois, tout sera clair pour moi.

En ce qui me concerne, ne t'attends pas à des révélations extraordinaires, mais tu vas voir que j'ai débuté du pied gauche dans ce monde.

J'avais toujours pensé que mes parents étaient morts, parce que Grand-Mam's me faisait souvent réciter une petite prière pour eux. J'avais toujours su qu'il y avait eu un accident de chemin de fer. Je m'étais toujours dit : « C'est une sacrée malchance que mes parents aient justement pris ce train-là », c'est tout. (Quand tu es petit, tu ne te poses pas trop de questions.) Mais voilà qu'un jour, ce crétin d'Arthur Bonne me demande pourquoi je m'appelle Nicolas Deluze, Deluze comme G.P. et Grand-Mam's, comme ma mère, pas comme mon père. J'ai mis du temps à réaliser que c'était anormal. Tu comprends, ici, à Bramefant, la maison Deluze, la famille Deluze, tout le monde connaît.

Alors, j'ai osé affronter Grand-Mam's à ce sujet. Elle est devenue un peu plus rouge que d'habitude, et puis elle m'a pris par la main en disant :

« Viens, on va en parler avec Gepetto. » (G.P., pour rire, nous l'appelons aussi Gepetto.)

Par chance, G.P. n'avait pas de clients. Il a pu nous prendre tout de suite, comme si on avait rendez-vous. On s'est assis dans son bureau.

Grand-Mam's :

« Nicolas veut savoir pourquoi il s'appelle Deluze. »

J'ai compris qu'on allait m'apprendre quelque chose d'important, vu que pour pénétrer dans le bureau, il faut pousser l'une après l'autre deux portes capitonnées pleines de clous. C'est un endroit où je n'ai jamais eu le droit d'entrer librement, à cause des clients.

G.P. a toussé. Puis il m'a exposé les choses comme ça :

« C'est très simple, Nicolas : un enfant porte en général le nom de son père, mais si la maman n'est pas mariée, il peut porter son nom à elle. Grâce à ça, tu vois, j'ai un petit-fils qui s'appelle comme moi. Tu t'appelles Deluze parce que ta maman s'appelait Deluze. Seulement, quand tu es né, elle n'avait pas encore épousé ton papa. C'est après ta naissance qu'il y a eu l'accident de chemin de fer. Quand je serai mort, il y aura encore un Nicolas Deluze sur terre (G.P. s'appelle aussi Nicolas). Est-ce que tu voudrais en savoir plus, tant qu'on y est ? »

En savoir plus ? Non, merci. J'aurais pu demander pourquoi mes parents n'étaient pas mariés, mais ça me suffisait comme explication ce jour-là. J'ai même pensé que ce n'était pas la peine d'aller dans le bureau pour s'entendre dire des choses aussi simples, et je n'en ai plus parlé.

Mes parents, en fait, tu aurais pu croire qu'ils avaient à peine existé, et, pour être honnête, je ne songeais pas beaucoup à eux quand j'étais petit.

En devenant plus vieux, j'ai quand même éclairci certains détails, plutôt par hasard. Par exemple au cimetière, où j'allais souvent avec Grand-Mam's, il y avait le nom de ma mère, pas celui de mon père. J'ai d'abord imaginé qu'on l'avait enterré dans son village à lui, puis j'ai compris peu à peu (je ne sais plus du tout comment, je t'assure) que ma mère avait eu un enfant, moi ; qu'elle était morte dans un train, ça oui, mais que mon père n'était pas avec elle, parce qu'il n'y avait pas de père, tout simplement.

Maintenant, même si je sais qu'il y a forcément un père quelque part, comment veux-tu que j'aille m'intéresser à lui, avec ce qui nous arrive à la maison. Grand-Mam's est morte, Chouc's.

Mon père existe et je ne sais pas qui c'est. J'existe et il ne sait pas qui je suis. J'espère qu'il n'est ni moche ni bête, et qu'il se porte bien. C'est tout ce que je peux faire pour lui.

Je préfère penser à toi qu'à mon père. Ça me rend joyeux. Je peux rêver comment tu seras.

2

Chouc's, je viens de relire mon début de lettre. Quelque chose ne va pas : c'est que tu risques de me plaindre, de me prendre pour un type qui a eu une enfance malheureuse, par exemple. Or moi, je voudrais te convaincre du contraire. Après tout, une jeune femme pas mariée qui a un fils, c'est courant ; un accident de train, ça arrive ; perdre sa grand-mère, c'est banal.

Je n'ai jamais souffert de rien, sauf ces temps-ci bien sûr.

Bon, je t'écris ces explications pour te faire savoir que j'ai toujours habité avec G.P. et Grand-Mam's, qui n'ont jamais été vieux pour des grands-parents, sauf peut-être cette année. Cette mauvaise année.

C'est arrivé l'été dernier très doucement, tellement doucement que je ne m'en suis pas aperçu. Grand-Mam's toussait, elle était fatiguée, fatiguée. Elle restait de plus en plus longtemps au lit ou dans son fauteuil, et G.P. s'est mis à avoir des cheveux gris. Mais comment te dire ? Grand-Mam's, c'était toujours Grand-Mam's. J'étais même content d'être sûr de la trouver à la maison en descendant du bus, parce qu'avant d'être malade, elle était toujours partie à droite et à gauche. Avec elle, ça bardait, la vie. Elle avait horreur qu'on soit mou, flou, et même doux, ce qui est un peu mon cas, je crois.

Je ne saurais pas te dire si je m'entendais parfaitement avec elle ou si je la craignais, je n'aurais même pas eu l'idée de me poser la question. Avec Grand-Mam's, c'était pour ainsi dire obligatoire d'aller bien. Donc, j'allais bien. Même un de ces plats que tu n'as pas envie de manger, comme des épinards, elle arrivait à te convaincre que c'était fameux, à cause de la crème dessus, des croûtons croustillants et des œufs durs. Si tu veux, elle était tout le temps enthousiaste, alors moi, je faisais pareil. C'était contagieux.

Quand elle a été malade, la vie est devenue différente. Je m'installais près de son fauteuil et on bavardait. Parfois Julia nous apportait des toasts avec du

16

thé. J'aime le confort. J'aime regarder la télé. J'aimais que Grand-Mam's soit si gentille avec moi. Elle ne m'obligeait plus à aller jouer dehors. De toute façon je n'ai pas de copains ici, ou presque. Nelly et Loulou sont en quatrième. Ils me traitent de morveux. Les autres vont encore à l'école primaire. Je ne les traite pas de morveux, parce que je n'ose pas.

Je n'ai plus envie de te parler de Grand-Mam's aujourd'hui. Bien qu'elle me manque énormément, je me sentirais absolument normal, si seulement je pouvais parler. En fait je peux parler, mais à voix basse. Je parle sans son. Pourtant, le jour de l'enterrement, j'étais comme d'habitude. G.P. et moi, on n'a même pas pleuré. On a été très courageux, tout le monde l'a dit. Seulement, le lendemain, crac ! plus de voix. Quand j'ai voulu bavarder, dire bonjour : pas possible. Ma voix était « insortable ».

Depuis, je me rends compte que G.P. se tracasse. De temps en temps, il me prend par surprise, s'approche sans faire de bruit et me demande si je n'ai pas vu ses lunettes ou autre chose. Ou alors, il se met en colère deux fois plus fort que d'habitude parce que j'ai laissé traîner mon vélo en travers de la cour. Ou alors, il me parle tout bas, lui aussi, très gentiment. Je ne peux lui répondre qu'en chuchotant.

Hier, on est allés voir un spécialiste. Il a dit que

les cordes vocales ne se rejoignaient plus. Tu parles d'une découverte ! Je prends du sirop, des cachets, des trucs et des machins, sans résultat. G.P. m'a donné un mot pour les profs :

Je vous prie de bien vouloir excuser Nicolas qui, atteint d'une extinction de voix, ne peut pas actuellement s'exprimer à l'oral.

Je suis en train de m'habituer. Les copains n'en font pas une affaire et j'ai le grand avantage de n'avoir rien à réciter. Depuis peu, on commence à me donner des interros écrites prévues pour moi seul ; mais si j'en loupe une, j'ai l'impression que c'est quelqu'un d'autre qui a la mauvaise note, depuis que je ne parle plus.

Bref, mettons que ça reviendra et ne « dramatisons rien », comme on dit.

3

Il faut que tu connaisses les gens qui vivent autour de moi.

On peut les classer en trois catégories :

— les gens de la famille, qui habitent à Saint-Flour ou autour (c'est à cent kilomètres. On les voit en vacances) ;

— les voisins du pays (Bramefant. Puy-de-Dôme) ;

— mes copains de classe et mes profs.

Dans les voisins, il y a Mme Pouillard. C'est elle qui fait les piqûres à domicile. D'après G.P., elle connaît toutes les fesses du village. Elle a aussi un petit-fils à Paris qui n'a pas de père. C'est peut-être pour ça qu'elle m'aime bien.

Dans la famille il y a « Tonton Jean », un frère de Grand-Mam's. Il pète, il rote, il fume, il dit « putain » et « macarel » trois fois en deux phrases. Il a des petits-enfants qui sont mes « cousins-issus-de-germains » (j'adore les arbres généalogiques), Jojo et Lulu. Je m'entends à moitié avec eux parce qu'ils ont horreur de perdre. Dès qu'ils perdent, ils se disputent et trouvent toujours une raison pour arrêter de jouer, tu vois le genre.

En classe, celui que j'admire le plus, c'est Angelo Bortoletto. Angelo a le sens de la justice. Il tape seulement par-devant (tu as des types qui profitent de ce que tu noues tes lacets pour te flanquer un coup de godasse dans le derrière, ou qui te piquent ton dessert à la cantine sous prétexte de rigoler. Pas lui). On l'a élu délégué à l'unanimité. Je m'étais présenté aussi, mais je n'ai eu qu'une voix, la mienne. Ça m'a fait beaucoup de peine. Je ne l'ai pas dit à Grand-Mam's. C'est sans doute parce que je viens avec « le ramassage ». À l'école primaire de Brame-fant, j'étais toujours « chef de classe » ; à Clermont, on ne me connaît pas. En second, c'est Marion Duc qui est passée. En fait, elle est juste bonne à t'accompagner à l'infirmerie en prenant des airs de reine d'Angleterre, tandis qu'Angelo, dans les conseils de classe, il a toujours quelque chose à dire, lui, au moins. J'aimerais bien être son copain.

Comme prof, le plus connu, c'est M. Delahaye. Il veut qu'on se prenne en charge, qu'on soit responsables, autonomes et tout. Ça marche dans la mesure où c'est obligatoire. S'il se relâche un peu, crac, c'est de nouveau le bazar. En général, tu préfères bavarder avec tes voisins au C.D.I., ou prendre une B.D., que de te jeter dans les dossiers. Il nous envoie souvent « faire des recherches » un peu partout. Jusqu'à maintenant, je pensais que j'appréciais M. Delahaye, mais, à bien réfléchir, pas tellement. Je crois que je ne suis pas son genre. J'ai horreur de travailler en groupe, de prendre la parole, de faire des enquêtes. J'aime mieux écrire seul. Il dit que je ne m'exprime pas suffisamment ! Alors, tu parles, maintenant que je suis muet, ça va être complet. Remarque, je trouve que, ces temps-ci, il est différent avec moi. À la fois il me laisse tranquille, à la fois il est plus gentil.

Quand je l'ai découvert derrière son bureau à la rentrée, sur le coup, je me suis dit : « Il me semble que j'ai déjà vu cette tête-là quelque part. » Ça m'avait rassuré, parce que lorsque tu entres en sixième, tu ne connais absolument plus personne. Mais je m'étais trompé, et j'ai compris pourquoi quand Angelo m'a dit : « Tiens, c'est rigolo, tu as un faux air du prof de français. » Ça ne m'a pas vexé parce qu'il est plutôt beau, M. Delahaye ! En fait, on a le même genre de lunettes. C'est tout.

Les autres sont plus ou moins ennuyeux ou terrifiants selon les cas, avec chacun sa petite manie. L'histoire-géo renifle, la biologie caresse sa cravate ou la balance, l'anglais raconte sa vie en français, le dessin se gratte le cou avec son crayon HB et les maths se grattent la tête avec les doigts. La plupart disent « n'est-ce pas ? » ou « c'est compris ? » cent fois l'heure.

Je ne mets pas de date quand je t'écris. N'oublions pas qu'il s'agit d'une lettre, « la plus grande lettre du monde ». De toute façon j'ai horreur des dates et des montres. On peut très bien vivre sans. Je t'écris quand j'ai envie.

Pour Grand-Mam's, les choses ne se sont pas si mal passées qu'on pourrait croire, compte tenu que c'est terrible de mourir.

Elle a fini par ne plus jamais sortir. Tous les matins et tous les soirs à huit heures pile, Mme Pouillard venait lui faire une piqûre. Elle a un chapeau rond et une cape violette. Elle sonne, elle entre, et en même temps, elle dit : « C'est moi ». C'est toujours elle, quand tu entends « C'est moi » à la porte.

Le mercredi et le dimanche matin, en général, j'étais dans le lit de Grand-Mam's pour la piqûre. Grand-Mam's disait :

« Ça commence à faire des grumeaux, madame Pouillard, j'ai la peau comme une béchamel ratée. »

Dans la journée, Grand-Mam's s'habillait. Mais, peu à peu, elle a mis des pantalons au lieu de ses jolies robes. Elle avait beaucoup de visites. Des gens défilaient pour lui tenir compagnie. C'était dur pour Grand-Mam's, parce que d'un côté elle ne pouvait pas prétendre qu'elle n'était pas là ; d'un autre elle refusait mordicus d'être fatiguée. Moi, je détestais les visites. Je crois que certaines personnes venaient par curiosité.

Elle est restée de plus en plus au lit. Et puis, il a fallu qu'elle aille à l'hôpital régulièrement, une semaine sur quatre. À cause de tout ça, G.P. a décidé de se mettre en demi-retraite et on a eu beaucoup moins de clients. Ce qui était bien pour Grand-Mam's, c'est qu'à la maison on continuait de manger comme avant. À part qu'elle respirait mal, elle ne se plaignait jamais. Elle disait toujours qu'on irait tous à Saint-Flour le mois suivant.

Mais alors, elle détestait aller à l'hôpital ! Ça lui gâchait la vie d'y penser la semaine d'avant, et la semaine d'après, elle était encore plus malade. Tu finissais par te demander si ça valait la peine. Pendant les jours d'hôpital, G.P. venait me chercher à la sortie du collège et on allait la voir tous les deux.

Un soir, quand on est arrivés, elle était en train de choisir une perruque. Elle m'a dit :

« Nico, ce fichu médicament va me faire perdre mes cheveux, alors je vais mettre la perruque déjà maintenant, comme ça vous vous habituerez. »

Elle était bien avec sa perruque. Enfin, assez.

À l'hôpital, je parlais beaucoup, j'étais exprès très gai, parce que je me rendais compte que G.P. avait envie de lire le journal. Si tu restes toute la journée dans une chambre, même avec quelqu'un que tu aimes beaucoup, tu finis par ne plus savoir quoi raconter. À la maison, c'était un peu pareil. G.P. était content que j'arrive pour pouvoir aller au bureau, parce qu'il ne laissait jamais Grand-Mam's seule.

Il a beaucoup maigri, lui aussi.

4

En ce moment je vais très mal.

Je ne parle toujours pas. Je n'ai envie de RIEN. C'est vraiment terrible. Ça m'ennuie d'exister. Je trouve tout difficile : de me lever, de manger, d'aller en classe...

G.P. devient nerveux. L'autre jour, il m'a donné une gifle parce que je faisais semblant d'agoniser sur un fauteuil (je ne l'avais pas vu arriver). Ensuite il m'a dit que mon cas était embêtant mais qu'on venait de découvrir un médicament absolument RA-DI-CAL pour la voix. Avec un tube, hop, j'étais sauvé : un seul tube en une semaine.

Ça n'a pas marché.

Alors G.P. a décidé deux choses : que j'allais commencer une « rééducation » d'un côté, et une « thérapie » de l'autre.

C'est des trucs à la noix.

Le mardi je vais au dispensaire au lieu d'aller en gym. Il y a cette dame qui me fait lire un passage toujours du même livre, sur un ton complètement plat, ou alors avec la fin des phrases qui remonte. Je m'exécute à voix basse. À voix haute, impossible.

Le vendredi, je vais chez le docteur Balland. Je m'assois sur un fauteuil et je raconte mes rêves, ou bien je dessine. Je trouve qu'il a un boulot rudement facile. Il dit seulement : « Ah oui ? » de temps en temps. Il veut savoir ce que je pense de mes parents. Comment veux-tu ? J'en ai pas. C'est G.P. et Grand-Mam's, mes parents. J'ai toujours été très content d'eux. Bien sûr, Grand-Mam's n'était pas du genre à vous border dans le lit, mais moi j'ai horreur qu'on m'embrasse, surtout les femmes : elles ont les joues molles. G.P. me donne des bourrades et m'ébouriffe les cheveux quand il est content.

Alors moi aussi.

Avec G.P., on est beaucoup invités. Pour moi c'est une épreuve, à cause de la voix. Je préfère qu'on reste tous les deux. Je suis bien ici. On regarde la télé. Ça nous occupe. La vie est toujours pareille.

C'est la maison qui a changé. Elle sonne creux. Elle a rétréci.

Julia a mis les affaires de Grand-Mam's au grenier, dans une armoire qu'on a fermée à clé.

Maintenant je me promène n'importe où dans la maison. J'ouvre les tiroirs. Il y a des tissus partout, et de la laine, et des fils et des dentelles. On laisse les choses, là. Rien n'est changé, sauf que ça ne bouge plus.

G.P. va bien. Mettons, assez bien. Enfin, il n'est pas malade.

Depuis que je suis muet, j'ai l'impression d'être devenu quelqu'un d'autre. Je n'ai pas de tonus. Quand je pense à cette voix qui ne revient pas, j'ai honte...

Je ne sais pas quoi faire, ma Chouc's.

À peine si je peux encore t'écrire. Pourtant, le soir dans mon lit, je me mets à rêver à moi-même dans dix ans, donc à toi, et alors je me sens un peu moins mou.

Quand on sera mariés, je te prendrai dans mes bras, je mettrai mes mains dans tes cheveux, sur tes joues, sur ta bouche et même le long de ton corps. Je t'embrasserai sur les lèvres, et puis on s'aimera. Bien sûr je sais ce que ça veut dire ; tu as toujours des types qui friment, qui en parlent et même qui disent qu'ils l'ont fait. D'ailleurs on a eu le maximum possible comme cours d'éducation sexuelle en CM 2. N'empêche que si tu comprends ce qui doit se passer pour avoir des enfants, tu as du mal à saisir pourquoi c'est tellement important, dans la vie, l'amour. Tu te demandes si c'est vraiment agréable, et pour quelle raison on en parle en rigolant. J'ai plutôt peur d'y penser, en fait. J'ai surtout envie de te serrer dans mes bras. Le reste ! Ah ! le reste...

Tu seras très jolie, très douce, Chouc's.

Tu seras drôle. On mangera des tonnes de frites rien que nous deux. On ira à la mer, rien que nous deux. On fera du pédalo, rien que nous deux. Je t'emmènerai danser. On aura six enfants avec une grande maison dans un jardin, à côté d'une ville pleine de cinémas. Dans le jardin il y aura un ruisseau et un rocher. J'espère qu'on sera riches, mais je ne sais pas encore ce que j'aimerais faire comme métier.

P.S. :

J'ai déjà embrassé une fille sur les lèvres à l'école primaire. C'était Catherine. Elle me prêtait ses feutres. Je lui offrais des bonbons que je chipais dans le placard de Grand-Mam's. Un jour, je lui ai fait un petit mot d'amour écrit en majuscules, signé N. C'est pendant une sortie de la classe où on devait ramasser des feuilles d'arbre que je le lui ai donné. Elle n'a rien dit, mais le lendemain, elle m'a offert un autocollant superbe. Trois jours après, on est retournés ramasser des feuilles d'arbre parce qu'il manquait certaines espèces. À un moment donné (on était dispersés dans le bois), je me suis débrouillé pour être avec elle derrière un taillis et hop ! tout à coup, je lui saute dessus et je l'embrasse sur les lèvres. Elle m'a donné une gifle et elle est partie en courant. Après, on ne s'est jamais reparlé. Tu n'as pas besoin d'être jalouse, je ne l'aime plus.

Maintenant j'aimerais te rencontrer et t'embrasser, mais pas si vite. Au lieu de me donner une gifle, tu me prendrais la main.

Le problème, c'est que je ne sais pas si je suis bien même sans lunettes. J'ai beau essayer de me regarder par surprise dans la glace, je n'arrive pas à me voir comme si j'étais un inconnu. Toute ma figure est normale : le nez, les yeux, la bouche, les cheveux. Je me demande comment on peut me reconnaître, tellement je suis normal. Je ne suis pas frisé, je n'ai pas de taches de rousseur, je n'ai rien de trop grand, ou de trop petit. Je ne suis ni gros ni maigre. J'ai les cheveux châtains et les yeux bruns. J'aimerais avoir une balafre, ou quelque chose qui me distingue — surtout à Clermont, au collège.

Ici, tu comprends, à Bramefant, je suis le petit Deluze. C'est-à-dire le petit-fils de Gepetto, et Gepetto, c'est quelqu'un, donc moi aussi. Grand-Mam's disait toujours : « G.P., tu es très chic ! » « Chic », c'est « distingué ». G.P. a toujours un costume avec le gilet pareil et une cravate assortie. Il est superbe. J'aime bien me promener avec lui, ça me donne de l'importance. Grand-Mam's aussi était très chic. Moi, je ne crois pas. Je passe inaperçu.

En grandissant, je vais sûrement m'arranger. Je voudrais devenir présentable et séduisant pour toi. C'est trop tard pour espérer être une vedette : je ne suis pas bon à l'oral, je chante moyennement, je ne joue d'aucun instrument sauf de l'harmonica. C'est Tonton Jean qui m'a appris. Mais quand j'ai dit à la prof de musique que je jouais de l'harmonica, elle n'a pas eu l'air de trouver ça « chic » du tout.

En plus de l'harmonica, je siffle, j'adore siffler, surtout maintenant que je ne parle plus.

Quand j'arrive à Bramefant avec le « ramassage », je cours à la maison et je siffle « do-fa-mi ». Si G.P. est là, il répond la même chose en sifflant lui aussi. S'il n'est pas là, tant pis. Je monte dans ma chambre. Quand G.P. revient, j'entends son pas dans l'escalier et ça me fait un drôle d'effet, parce que du temps de Grand-Mam's, il ne venait jamais en haut.

D'entendre son pas, ça me trouble. Si je vais mal comme ces jours-ci, j'ai même envie de pleurer. En fait G.P. m'intimide, pourtant il est très drôle, très gentil. Quelquefois, pas souvent, on joue aux dames.

Ce serait impossible que tu n'aimes pas G.P. Tout le monde l'aime.

5

Pour une fois, je vais te raconter un truc
« comique ». En maths, j'ai Mlle Pauze. Elle est
féroce. Personne ne peut la sentir. Si tu vois qu'elle
se gratte la tête, c'est mauvais signe ! Quand elle se
gratte la tête, c'est toujours pour balancer une
phrase cinglante à quelqu'un qui a loupé un devoir
ou qui fait l'imbécile sur sa chaise. Même des types
très agités comme Ludovic ont peur d'elle. Elle est
capable de te ridiculiser ou de te faire honte, juste
en te regardant. Bon, tu vois le genre.

Or, figure-toi que dans la classe (nous avons toujours la même classe parce que c'est un vieux collège immense), il y a un pensionnaire : c'est un pois-

son rouge dans un bocal. Nous l'avions offert au prof de français pour Noël, seulement il nous a expliqué que sa fille avait un chat et que le chat mangerait Nemo (c'est le poisson) s'il l'emmenait chez lui. On a donc décidé de le garder dans la classe. C'est M. Delahaye qui lui achète ses poudres, et nous, on lui change son eau, de temps en temps. Pour les vacances, on tirera au sort celui qui prendra Nemo en pension.

Or voilà que ce matin, Pauze s'installe comme d'habitude sur l'estrade, elle s'assied, et nous on se ratatine parce que c'est le moment où elle va désigner celui ou celle qui passe au tableau. Elle fait glisser son doigt sur son carnet ; tu transpires, tu te dis : là elle a dépassé au moins le F... et puis, crac, elle remonte. (Tu retranspires. Elle est sadique !) Ce matin elle dit :

« Dubos ! »

Ouf ! pense vingt-cinq fois la classe, sauf Dubos, qui se lève avec une tête de martyr. Il prend la craie. Pauze se recule un peu sur l'estrade (sans se lever), pour le laisser passer. Écoute bien : elle recule trop, un pied de sa chaise tombe dans le vide ; elle bascule, elle se raccroche au bureau, le bureau suit, le bocal aussi. En une seconde tout est par terre, Nemo compris.

Tu ne peux pas te figurer l'émotion ! On était d'autant plus morts de rire qu'on ne pouvait pas rire franchement. Le premier rang s'est précipité pour aider Pauze à se relever. Elle avait mal au bras, la pauvre, mais elle s'est redressée d'un coup, en demandant d'une voix terrible que les délégués remettent le bureau debout, et que chacun regagne sa place. Pour Nemo, on a dû aller chercher un pot de confiture vide à la cuisine parce que le bocal était cassé, bien sûr.

Ensuite, elle nous a flanqué une interrogation écrite d'une heure, histoire de récupérer. C'était plus fort que nous : de temps en temps, il y avait quelqu'un qui pouffait de rire nerveusement, sans oser lever la tête. Pauze a fait semblant jusqu'au bout de ne pas s'en apercevoir.

Dans l'aventure, on a pu voir qu'elle avait des dessous mauves.

6

J'ai cessé de t'écrire depuis un mois. Je ne peux plus me supporter. G.P. ne peut plus me supporter. Je m'englue dans le silence, tellement j'ai honte maintenant de cette voix chevrotante. Tu es la seule personne à qui j'aie envie de parler sans être obligé ; alors si je cesse de t'écrire, je suis fichu. En plus, si ma voix ne revient pas, tu ne voudras pas m'épouser. On n'aura pas d'enfants. Je serai un vieux garçon muet avec des lunettes, des grosses lunettes.

Je ne sais plus quoi faire.

Ni G.P.

Ni le docteur Balland.

Ni l'orthophoniste.

Ils prétendent que je n'ai RIEN.

Si je n'ai RIEN, c'est que je suis FOU. On finira par me mettre avec des anormaux, dans une résidence d'anormaux. Ils s'imaginent que ça m'arrange de ne pas parler pour je ne sais quelle raison. C'est pour ça que j'ai honte. Bien sûr, je parle à voix basse. Mais à voix basse, tu ne peux discuter qu'avec une personne à la fois, qui t'écoute très fort, et dans un endroit où il n'y a pas de bruit. Je ne parle qu'à G.P., pratiquement, et encore pas beaucoup, parce que ça lui fait mal. Je parle aussi avec Julia. Elle, au moins, elle a l'air de penser que ce n'est pas grave. Mes copains aussi, je crois, mais comme je n'ai pas vraiment de copains, c'est plutôt qu'on s'en fiche, dans ma classe, que je parle haut, bas, ou que je me taise.

Je me sens de trop.

Je suis sûr que Grand-Mam's aurait su quoi faire, elle. Grand-Mam's trouvait toujours une solution. Tu n'avais pas besoin de te préoccuper. Elle savait d'avance les réponses aux problèmes, parfois même exagérément, parce que tu n'avais pas le temps de les trouver toi-même.

Moi et G.P., on est moins sûrs, comme caractère.

Par exemple, on va au cimetière. Il faut penser à prendre des fleurs au jardin. On le fait. Mais le broc avec de l'eau, on l'oublie souvent, et il faut retourner au robinet à l'autre bout. Tu as aussi besoin d'une balayette pour faire le ménage des saletés sur la tombe. On n'a jamais de balayette, alors on essuie la tombe avec les fougères du vase qu'on vient de changer. Après on dit deux prières, G.P. et moi, sinon ce serait terrible d'être plantés là à penser chacun pour soi. Ensuite on s'en va. On recommence à respirer normalement seulement devant chez le pharmacien.

Tous les jours Julia nous demande ce qu'on veut manger le lendemain. On n'a jamais d'idées.

Fais un effort, Chouc's, j'ai besoin de toi ! Essaie d'entrer dans mon histoire avant l'heure normale. Tu serais une apparition et en te voyant, miracle ! je reparlerais.

Je pense à cette phrase de l'église :

« Dites seulement une parole et mon âme sera guérie. »

Mais pour moi ce serait à l'envers : « Donnez-moi seulement votre âme, et ma parole sera guérie. »

C'est à toi que je dis vous, ma Chouc's !

Il ne faut pas que j'arrête ce cahier. Je préfère t'écrire plutôt que de me débobiner chez le docteur Balland comme une pelote.

Le docteur Balland s'intéresse quand même bien à moi. En ce moment, il me demande d'écrire sur une feuille des phrases qui m'ont frappé dans la journée.

Aujourd'hui, j'ai mis :

« Emballage perdu ». « Sans retour ni consigne » et « Signes particuliers, néant ».

Il a eu l'air très content.

Ensuite il m'a demandé de raconter (bas) une histoire avec ça. J'ai raconté l'histoire d'une bouteille tellement normale qu'elle avait des signes-particuliers-néant et qu'on avait gravé dessus « Sans retour ni consigne – Emballage perdu ». Cette bouteille on l'avait jetée dans une poubelle qui puait beaucoup. Elle était très malheureuse à l'idée qu'elle allait finir ses jours à la décharge qui est pleine de corbeaux tout autour. Elle n'avait pas envie d'être enterrée sous les détritus, ni cassée en mille morceaux.

Là, j'ai hésité pour la suite. Un peu plus j'allais m'arrêter, mais Balland m'a fait son plus beau sourire en disant comme d'habitude : « Ah oui ? »

Alors j'ai continué à cause du sourire (c'est sa seule qualité, à ce type, son sourire).

La fin est banale :

Une petite fille nommée « Chouc's » veut décorer sa chambre avec des fleurs mais elle n'en a qu'une, une rose, et pas de vase assez fin pour la tige, alors elle soulève le couvercle des poubelles dans la rue et trouve la bouteille sans-retour-ni-consigne, une belle bouteille, remarque, en verre teinté, un peu petite, pas une grande blanche. Elle l'emporte chez elle, elle la nettoie. La bouteille devient très présentable comme vase. La jeune fille met sa rose dedans et le tout sur sa table de nuit.

Il a eu l'air encore plus content, Balland.

Mais moi, comme je ne suis pas FOU du tout, j'ai parfaitement compris ce que je racontais, au fur et à mesure, puisque je pensais à toi.

Je vais un peu mieux.

G.P. s'habitue.

C'est un homme à habitudes. Il est très ordonné. Il note tout ce qu'il doit faire sur des papiers qu'il range dans des chemises. Il met les chemises dans des classeurs ou parfois dans sa « serviette », c'est-à-dire son cartable. Il ne dit pas « ranger » mais « plier » : « As-tu plié tes affaires dans ta serviette, Nicolas ? »

Avant, je faisais les commissions ici à Bramefant, maintenant G.P. et moi, nous allons à Camouth. On achète tout ce qu'on veut. C'est Julia qui fait la liste, mais, en plus, G.P. prend un tas de choses dans les rayons. Parfois j'ai peur qu'on finisse par manquer d'argent, alors je me retiens sur le chocolat. Pour les habits, il a moins d'idées que Grand-Mam's, ce qui m'oblige à choisir moi-même. Il a été d'accord pour un « jean » Rangler et des tennis. Je les mets même quand il pleut ; Grand-Mam's n'aurait pas voulu.

39

J'ai envie d'un blouson de cuir, mais je n'ose pas demander à G.P. si on est assez riches.

Depuis que j'ai le « jean », je ressemble encore plus à tout le monde, mais je me sens mieux. Et puis avec les tennis, je cours comme un zèbre. Ça me donne envie de remuer. Je me fais un peu de cinéma. Et si je me lançais dans le cinéma muet, dis donc ? C'est dommage que ça ne soit plus la mode. Ce que j'aimerais bien, c'est savoir danser le rock. Plus tard, on ira dans des boums, je te balancerai par-dessus mon épaule. Hop ! Je ne danserai qu'avec toi. Il y a des gens de ma classe qui parlent de « boums », mais je ne suis jamais invité. Ceux du « ramassage », on est comme des pauvres, à Clermont.

7

Avec G.P., on a trié toutes les photos où Grand-Mam's est dessus, pour en faire agrandir une belle.

Il y a les photos d'avant et celles d'après. Avant sa maladie, après sa maladie. G.P. préfère les anciennes, pas moi. Si tu veux, quand Grand-Mam's allait bien, je ne savais pas que je l'aimais tant, ni qu'elle m'aimait tant. Mais depuis qu'elle avait maigri, et qu'elle ne sortait plus, on était devenus tous les deux un peu comme une seule personne.

Elle aimait les mêmes choses que moi, regarder la télé, bavarder, jouer à des jeux, rester tranquille ; et moi j'étais devenu plus dynamique... J'avais envie de faire des découvertes pour pouvoir les lui raconter en revenant à la maison. Elle m'écoutait. Ça lui faisait plaisir. On se parlait pendant des heures. On était vraiment sûrs qu'elle allait guérir, elle et moi, avec tout ce qu'elle prenait comme médicaments.

C'est une terrible malchance de mourir, mais c'est une plus terrible chance encore d'être né, tu ne trouves pas ?

Je me demande pourquoi je suis tombé sur moi, j'aurais préféré être un autre, par exemple Angelo, malheureusement on n'a pas le choix.

Ma science-fiction, Chouc's : deux garçons du même âge sont accidentés en même temps ; l'un meurt, l'autre agonise. On prélève le cerveau de celui qui meurt parce que sa tête est intacte, et on le met dans le crâne de celui qui vit parce qu'il est seulement blessé dans son corps. Mettons que je sois le second...

Qui suis-je ? Lui ou moi ?

Il vient de m'arriver un « événement ». Si seulement tu pouvais me dire ce que tu en penses, toi... Je ne veux absolument pas en parler au docteur Balland.

Voilà. Parfois, quand Julia n'est pas là, je rôde au grenier. Grand-Mam's n'aimait pas tellement que j'y aille, parce qu'elle avait le sens de l'ordre jusque sous le toit. Bien sûr, je connais tout par cœur là-haut, les vieux bouquins, les vieilles vaisselles, les jouets cassés, les caisses de chiffons. Mais je n'avais jamais osé regarder dans les armoires où Grand-Mam's avait mis des étiquettes : « Ne pas déranger ».

J'ai fouillé là-dedans.

Il y avait du linge (il y a même la robe de mariée de Grand-Mam's) et puis des boîtes à gants, à ceintures, à chapeaux... Mais sous la pile, voilà que je découvre un carton étiqueté « MARIE ». Marie, c'est ma mère. Dedans il y avait des papiers, des cahiers d'école, des cartes de Fête des Mères, une petite chemise, et aussi un paquet de lettres.

Qu'est-ce que tu aurais fait à ma place ? J'ai lu les lettres ; plutôt je les ai parcourues, parce qu'elles étaient difficiles à déchiffrer. Il y en a une qui m'a paru importante dans les dernières. Je l'ai emmenée dans ma chambre. Je ne la recopie pas. Je te la résume : ma mère écrit à G.P. et Grand-Mam's qu'elle a rencontré un homme, qu'elle l'a aimé, qu'il l'a aimée, qu'elle attend un enfant, qu'elle ne peut pas épouser cet homme, qu'elle leur dira le prochain dimanche pourquoi. Ensuite, il n'y avait plus rien sur ce sujet. C'était une lettre très, très triste. Je n'avais jamais imaginé que ma mère avait été malheureuse. Ça m'a remué, quand même. Depuis j'ai envie de savoir pourquoi mon père ne voulait pas épouser ma mère, s'il l'aimait. Elle était jolie, non ?

Moi, j'avais cru qu'ils avaient l'intention de se marier un jour mais qu'elle était morte avant, et que mon père n'avait pas voulu s'encombrer d'un enfant parce qu'il devait partir au bout du monde, comme pilote d'avion, par exemple. En fait, je n'avais rien cru du tout, parce que je n'avais pas le goût d'y penser. (Tu n'as pas envie de penser que ton père était un de ces types qui s'en vont sans laisser d'adresse.)

Je me disais : ma mère, au moins, elle m'a gardé toute sa vie, Grand-Mam's et G.P. m'ont gardé aussi, tandis que lui il n'avait pas besoin de moi.

Tant pis !

Ce qui m'a frappé dans cette lettre, c'est qu'ils s'aimaient. Enfin, elle le dit.

Si G.P. et Grand-Mam's ont toujours su qui était mon père, pourquoi ne m'en ont-ils pas parlé ?

Est-ce qu'il n'est pas présentable ? Est-ce que c'est un « salaud » ? Est-ce qu'il est plus vieux que G.P. ?

Toute la famille doit être au courant.

Je vais essayer d'interroger, mine de rien, Tonton Jean. Il vient dimanche. G.P., je n'oserai pas.

Je n'ai pas pu, tu n'arrives pas à emmener quelqu'un comme Tonton Jean dans ta chambre, sans qu'il crie sur les toits qu'il va dans ta chambre, en laissant les portes ouvertes. Je lui ai montré le cerf-volant que j'ai fabriqué en E.M.T. C'est tout.

Quelle différence y a-t-il entre un haut-parleur, un bas-parleur et un beau-parleur ? Question à cent francs.

Je ne parle toujours pas.

La dernière fois, je te disais que j'avais envie de savoir pour mon père, maintenant NON. Qu'il aille se faire voir ! Moi, j'ai G.P. comme père. C'est un excellent père. Il m'élève très bien, même sans Grand-Mam's.

J'ai l'impression que mon père est enfermé dans une boîte et que si on l'ouvre, un diable va me sauter à la figure. On a assez d'ennuis comme ça à la maison avec Grand-Mam's qui n'est plus là, ni ma voix. Toi, au moins, ma Chouc's, je te choisirai ; tu me choisiras. Je déteste mon père. Point.

Je n'ai rien à voir avec lui, même pas son nom. Mon nom de famille, c'est Deluze. Tu t'appelleras Deluze, aussi. Peut-être « Lison Deluze », c'est joli...

8

Je ne veux pas savoir et j'y pense sans arrêt. Je suis hargneux. Quand Mam's vivait, j'étais moins problématique. Je parlais « haut ». J'avais des grands-parents exactement comme des parents. Je ne pensais pas au passé, j'étais le « petit Deluze ». La machine s'est détraquée. Déjà, d'aller à Clermont, c'est dur. Ensuite le reste... J'ai beau prétendre que G.P. va bien, à nous deux, on n'est pas rigolos. C'est mon histoire de cordes vocales qui l'exaspère. L'autre jour, quand je suis arrivé, j'ai entendu qu'il disait à Mme Pouillard :

« Ça ne peut pas durer. Il faudra peut-être adopter cette solution. »

Ils ont eu l'air gêné en me voyant.

Est-ce qu'il s'agissait de moi ?

Petite Chouc's à moi, de quelle couleur sont tes yeux ?

Si j'étais moi...

J'ai voulu écrire : Chouc's, « *si j'étais toi* », j'apparaîtrais dans les rêves de Nicolas Deluze. Viens me rendre visite.

La nuit, je rêve beaucoup. C'est un autre monde qui marche très bien à sa façon. Parfois, je regarde mes rêves comme si j'étais au cinéma ; je suis en même temps acteur et spectateur. Mais il arrive plus souvent que je sois complètement dedans, heureux, heureux... Aussi, quand le réveil sonne, quelle déception ! Il faut recommencer à vivre normalement, c'est-à-dire en trop ou en pas assez. Grand-Mam's, les derniers jours, je suis sûr qu'elle rêvait. Elle était dans l'autre part d'elle-même, mais c'était bien elle. Elle voyait les choses à l'envers, comme moi quand je suis somnambule.

Je suis somnambule, Chouc's. De temps en temps, je me lève, je m'habille, je me crois ailleurs et je me balade dans ma chambre, mais je ne me cogne jamais. Une fois que je me trouvais seul dans l'appartement de Saint-Flour, parce que G.P. et Grand-Mam's étaient au cinéma, je suis allé sonner chez les voisins de palier en dormant. Quand la dame est apparue devant sa porte en chemise de nuit, ça m'a réveillé. Elle m'a embrassé. J'ai eu un choc affreux. C'est depuis que j'ai horreur d'embrasser les dames. Je tends la main. Ensuite elle m'a gardé dans son salon jusqu'à ce que la famille arrive. J'étais mort de honte... C'est difficile de comprendre comment ça marche dans la tête. En fait je m'en fiche un peu d'être somnambule, pourvu qu'on ne vienne pas me surprendre. (Le plus souvent G.P. m'entend, il monte, son pas me réveille, je me précipite dans mon lit et je fais semblant de dormir, mais j'ai le cœur qui bat la chamade... Alors il croit qu'il s'est trompé et il redescend. Ouf !)

La dernière fois que c'est arrivé, j'avais mes chaussures. Je rêvais qu'on partait ramasser des champignons avec je ne sais plus qui. Le lendemain Julia s'est demandé pourquoi il y avait de la terre dans mon lit.

Plus tard, si tu me vois somnambule, tu ne bougeras pas. Tu n'allumeras pas, tu me raconteras le lendemain ce que j'ai fabriqué. J'aimerais bien m'observer... Je parle aussi beaucoup en dormant, il paraît. Peut-être que je sais des secrets. Tu me les diras.

Si j'étais moi, Chouc's, je serais comme dans les bons rêves. Des cauchemars, j'en ai rarement.

Viens me voir quand je dors.

On rêvera la même chose tous les deux.

On se promènera dans la même nuit.

Chouc's, je connais mes mains, mes yeux, ma peau, ma surface... mais dedans, c'est aussi moi. La peau de mon estomac est autant moi que celle de ma figure. Je passe un temps fou à trouver bizarre d'être cet animal-là... pas toi ?

Imagine une bête, n'importe laquelle, qui n'aurait ni poils ni plumes, mais seulement de la peau, comme nous ; c'est horrible, non ? Ou alors imagine qu'on ait la peau transparente et qu'on voie toute la mécanique à travers... Encore plus horrible, non ?

Chouc's, et si on était des chats ?

Aujourd'hui, je suis allé porter un bocal de cornichons à Mme Pouillard, de la part de Julia.

Elle m'a offert un chocolat chaud avec des gâteaux, dans sa salle à manger. On était tous les deux. Il n'y avait pas de bruit. Brusquement je m'entends lui demander (à voix basse, bien sûr) :

« Madame Pouillard, c'est qui mon père ? »

Elle a ouvert des yeux grands comme des soucoupes, et elle a dit :

« Pourquoi tu ne demandes pas à G.P. ? Il te le dira sûrement. Peut-être même que ça le soulagerait que tu veuilles savoir, à cause de ta voix. »

Moi :

« À cause de ma voix ? »

Elle :

« Ta voix, ce n'est pas grave, tu n'as rien de cassé. Je ne suis pas psychiatre, mais peut-être que la disparition de Mme Deluze t'a rappelé celle de ta mère, même si tu ne te souviens plus d'elle. À mon avis, on fait trop de mystère sur ta naissance ; il vaudrait mieux que G.P. te raconte bien précisément ce qui s'est passé autrefois, comme ça tu aurais tous les éléments pour résoudre ton problème, même si ça ne te fait pas plaisir, même si tu n'en as pas envie. Seulement G.P. a peur de te détraquer encore plus. Est-ce que tu as envie de savoir ? »

Moi :

« Non. Je voulais juste vérifier que, vous aussi, vous saviez, mais moi, ça ne m'intéresse pas. »

Et je suis parti.

Je n'ai pas été poli... J'avais pas fini ma tartelette.

Et maintenant, je n'ose plus regarder Mme Pouillard en face.

En classe c'est toujours pareil, ma Chouc's. Personne n'a plus l'air de s'attendre à ce que je reparle normalement. Quand même, je me suis fait un copain. C'est Marc Pilou, dit Marco Polo. À nous deux on est une sacrée paire parce qu'il est bègue, lui ; enfin, juste un peu bègue. Or, figure-toi qu'il a découvert qu'en parlant bas avec moi, sans personne autour, il ne patine plus dans ses phrases. On échange des autocollants et des bandes dessinées. Il est fou de bandes dessinées, moi, moins. Parfois même, on se téléphone. On arrive à discuter, en chuchotant... pendant des heures. J'aimerais pas être bègue. Ça fait rigoler les autres. Il est très sympa, Marco, à part ça.

En anglais, je prends des cours particuliers d'oral avec une Écossaise qu'on appelle « la Miss ». Je fais des progrès inouïs. Cette Miss, c'est une vraie crème anglaise (ouah !). Elle est tellement gentille et drôle que je pense à elle, parfois, quand je pense à toi. J'aimerais bien la rencontrer par hasard dans la rue, comme ça. Elle m'a demandé où j'habitais. Elle voulait savoir si j'avais des petits frères pour m'apprendre des « nursery rhymes » (c'est des chansons pour les nurses). J'ai dit d'accord pour les nursery rhymes, à cause du bébé de Julia. Julia a un bébé qui s'appelle Victor. Il n'a pas de cheveux.

Hier, j'ai fait une surprise à la Miss, j'ai pris mon harmonica et j'ai joué un air qu'elle avait chanté la fois d'avant. J'adore qu'elle chante des nursery rhymes.

Cette nuit j'ai rêvé de Grand-Mam's.

Ce doit être à cause des cheveux, Grand-Mam's était devenue le bébé de Julia. Je lui chantais des nursery rhymes. Les derniers temps Grand-Mam's ne supportait plus ni la perruque ni le foulard. Ses yeux étaient très noirs. Tu ne voyais que ses yeux.

C'étaient des yeux que j'aimais plus que la vie.

9

Je vais mieux. Il paraît. Mais ce n'est pas sûr.

G.P. surtout est content. Voilà pourquoi.

Dimanche soir, pendant le dîner, il ouvre son portefeuille à table et me dit :

« Tiens, Nico, j'ai retrouvé une photo de ta maman à ton âge. Regarde comme elle te ressemble... »

(On était en train de manger une omelette norvégienne que G.P. avait achetée dans un magasin en cachette de Julia, parce que Julia a horreur qu'on la trahisse avec des desserts comme ça. Elle dit que c'est tout de la cochonnerie.)

J'ai fait remarquer à G.P. que Maman était

53

blonde, frisée et sans lunettes. Il a répondu d'un air tellement normal que ça ne l'était pas :

« C'est ton papa qui est brun. »

J'ai plongé le nez dans mon assiette et j'ai dit :

« Pourquoi ils n'étaient pas mariés ? »

G.P. ne m'a pas regardé non plus pour m'expliquer avec un grand soupir :

« Ton père était déjà marié et sa femme était une amie de ta maman. En plus il avait une petite fille, laquelle est donc ta demi-sœur. C'est pourquoi ta maman a décidé de t'élever seule. Et puis il y a eu cet accident de train. Alors nous t'avons gardé. On aurait pu te rendre à ton père – sa femme t'aurait peut-être accepté parce qu'elle savait que tu existais – mais on a pensé qu'on était assez jeunes, Mam's et moi, et que tu serais plus heureux ici. Voilà, Nico. Tu sais tout, maintenant. »

On a fini l'omelette en silence.

Je suis monté dans ma chambre.

Je me sentais congelé. Pas froid, mais dur comme un caillou.

Je ne peux pas te dire si cette nouvelle me faisait du bien ou du mal. Je ne sentais RIEN.

J'ai bricolé sur mon bureau.

Tout à coup je me suis mis à fredonner un air. Une chanson que Grand-Mam's aimait, il y a longtemps. Et voilà que je m'entends la chanter avec de la voix.

Alors je continue. Je chante : « Toutes les cloches sonnent, sonnent » (c'est le refrain). G.P. m'entend, il grimpe en douce. En même temps qu'il ouvre ma porte, il se met à attaquer le premier couplet : « Village au fond de la vallée »... en me faisant signe de chanter avec lui. Le couplet, j'ai pas pu, c'était trop bas. Mais le refrain je le reprenais à plein gosier avec G.P. Le dernier, on l'a répété trois fois. Et en disant :

« Toutes les cloches sonnent sonnent
La voix d'écho en écho
Dit au monde qui s'étonne
C'est pour Jean-François Nico. »

On avait les larmes aux yeux. On s'est arrêtés. G.P. m'a embrassé puis il a dit :

« Est-ce que tu pensais à ton père lorsque cet air t'est revenu ? »

J'ai dit :

« Non, à Grand-Mam's. Ne parlons plus de mon père. »

Depuis, on a fait d'autres essais. Je peux chanter au-dessus de ma voix, mais pas sur les graves. Avec les nursery rhymes, ça va à peu près. La Miss a eu une sacrée surprise de m'entendre. D'ailleurs quand je parle en anglais avec elle, ça sort beaucoup mieux qu'en français. Elle est chouette. Elle fait semblant de ne pas s'en apercevoir. Je ne veux pas dire ça au docteur Balland.

Je continue avec lui, mais j'ai arrêté l'orthophonie. J'aimais mieux aller en gym, et puis ce bouquin *Les Hauts de Hurlevent,* toujours le même, je ne pouvais plus le supporter. G.P. a bien voulu qu'on laisse tomber.

Naturellement, Balland me fait chanter aussi maintenant. Comme ça, il pourra dire que c'est grâce à lui. Mais pas du tout ! C'est grâce à Grand-Mam's et aux nursery rhymes, je trouve.

Il y a nettement une seconde personne, en plus de mon père, dont l'idée m'est désagréable. C'est ma « demi-sœur ».

Pas une sœur, une moitié de sœur. Le haut ou le bas, à ton avis ?

Est-ce que tu accepterais d'avoir un mari qui chante et qui ne parle pas ? Et qui chante seulement les hautes, pas les graves ?

10

À la fin Grand-Mam's était à l'hôpital. Elle ne mangeait plus. Mais moi je croyais toujours qu'elle allait guérir. Je ne pouvais pas imaginer que sa vie puisse s'arrêter d'un coup. Je pensais à elle le soir dans mon lit. Je n'arrivais pas vraiment à dire des prières, de peur d'être déçu, mais je produisais de la tendresse avec ma tête en direction d'elle. Je ne peux raconter ça qu'à toi. J'étais sûr, absolument sûr, que ma tendresse allait vers l'hôpital, passait par-dessus la forêt, les autres villages, et pouvait la guérir.

Les dernières semaines, Tante Ida est venue habiter avec nous ; c'est la sœur de G.P. Comme ça, ils allaient chacun à leur tour à Clermont, la nuit, sinon G.P. n'aurait plus pu.

Un soir à Clermont, j'ai compris que Grand-Mam's allait vraiment mal. Elle m'a demandé trois fois de lui enlever ses lunettes. Elle n'avait pas de lunettes. C'était le petit tuyau qui allait dans son nez qu'elle prenait pour ses lunettes. Elle espérait toujours rentrer à la maison. Mais ce n'était pas possible. Peu à peu elle n'a plus espéré ni désespéré, je crois, parce qu'elle n'était plus cohérente. Elle parlait tout le temps, et ne voulait pas rester dans son lit. Elle essayait d'attraper des choses qui n'existaient pas. Mais moi elle me reconnaissait toujours. Elle m'aimait toujours. J'ai compris qu'une maladie peut t'empêcher de penser normalement, mais pas d'aimer.

G.P. était de plus en plus gris. Il aurait préféré que je ne vienne pas à l'hôpital, seulement moi je voulais être avec Grand-Mam's. Elle m'a donné son chapelet. Elle m'appelait « mon chéri » et m'a confié G.P. Mais, même là, je croyais qu'elle allait guérir parce que j'avais vu des photos de Tonton Jean en captivité (il est très vieux, Tonton, il a fait la guerre), il était aussi mal en point que Grand-Mam's et il s'en était sorti.

Mais pas Grand-Mam's. Elle ne s'en est pas sortie.

Je ne peux pas t'écrire la nuit où Grand-Mam's est morte. Je ne peux pas. J'ai essayé.

On l'a enterrée.

G.P. et moi on a été très courageux. Tout le monde l'a dit. On n'a pas pleuré.

Avant, j'avais voulu voir Grand-Mam's sur son lit. G.P. a permis. Elle était réellement morte. Il n'y avait pas de doute. Tu ne savais plus quoi faire de ta tendresse pour elle.

Tu ne savais plus quoi faire, du tout.

Grand-Mam's savait toujours quoi faire.

Elle nous a beaucoup manqué le jour de l'enterrement.

Je ne parle toujours pas. C'est ridicule de chanter « Passe-moi l'eau ».

J'attends de grandir.

J'espère que G.P. tiendra le coup, parce que sans ça, qu'est-ce que je deviendrai, moi ?

11

Encore un coup dur. Un sacré ! Où je vais ? Qu'est-ce qui va m'arriver ? Écoute :

On nous annonce à midi que le prof de bio est malade.

C'est jeudi. Je sais que la mère de Nelly vient la prendre sur le trottoir après la cantine et qu'elles reviennent à Bramefant. Alors, je me précipite et je rentre avec elles pour ne pas attendre l'heure du bus.

J'arrive à la maison.

Qu'est-ce que je vois ?

La voiture de mon prof de français garée devant chez nous.

Ça alors !

Est-ce qu'il vient voir G.P. derrière mon dos ?

Je suis furieux.

J'entre dans le garage. Je me glisse dans la cuisine.

Personne au salon. Julia n'est plus là. Le salon donne sur le bureau de G.P., mais avec les portes capitonnées, tu ne peux rien entendre.

Contre le mur du bureau de G.P., il y a le placard à vaisselle. Je l'ouvre, je m'approche au maximum du fond en me penchant. On parle. Je suis sûr de reconnaître la voix de M. Delahaye ; pourtant, impossible de comprendre ce qu'il dit.

Je suis dans tous mes états.

J'essaie de déplacer une pile d'assiettes sans faire de bruit. À ce moment-là, crac, les portes du bureau s'ouvrent, les voilà tous les deux.

Je suis complètement paniqué, paniqué de honte.

« Qu'est-ce que tu fais là ? » s'étonne G.P.

Je sors du placard. J'ai la figure comme un caillou. Impossible de bouger un muscle. M. Delahaye reprend consistance, je veux dire contenance. Il me tend la main. Je la serre. Il dit :

« Tu n'avais pas cours cet après-midi ? »

Je fais signe que non. G.P. me prie de m'asseoir.

Je te résume la conversation, Chouc's.

G.P. :

« Nico, M. Delahaye est venu me voir pour que nous parlions de toi. D'après lui, tu travailles bien. Pas de problème pour passer en cinquième. Simplement, je me demandais si ton extinction de voix ne gênait pas tes études. Il n'y a pas beaucoup de progrès de ce côté-là, alors, à la longue, ta scolarité pourrait en souffrir ; il faut s'en rendre compte. »

M. Delahaye :

« En plus, Nico, je voulais parler à M. Deluze d'une autre question, plus personnelle. Pardonne-moi d'être brutal, mais il se trouve que j'ai le même âge que ton père et que je le connais depuis long-temps. Maintenant que ta grand-mère n'est plus là, et que tu es assez grand pour comprendre, il te fait demander si tu souhaites le rencontrer. Honnête-ment, c'est pour ça que je suis venu. »

Moi (tout bas, à M. Delahaye) :

« Je veux bien parler de mes études, mais pas de mon père. »

M. Delahaye :

« Comme tu voudras. Je suis surpris de ta réac-tion. J'ai cru utile de te bousculer, mais ce n'est peut-être pas la bonne manière. De toute façon, Nico, dans quinze jours on est en vacances et l'année prochaine tu auras Mlle Claustre en fran-çais. On a déjà constitué les classes, si cela peut te rassurer. »

Moi (j'ai pas osé dire « Tant mieux » quand même) :

« Bon. »

G.P. :

« Va nous chercher des Coca-Cola, espèce d'âne ! »

Ils ont bu, en parlant du temps. Moi je n'avais pas soif. Je boudais ferme. M. Delahaye est parti.

Grand-Mam's n'aurait jamais accepté que quelqu'un se mêle de tout cela !

Mon prof, en plus.

Ça me trotte dans la tête :

J'ai une demi-sœur, ma petite Chouc's chérie... Et alors ?

J'ai pas besoin de sœur, ni de frère, ni de père.

J'ai besoin de toi.

Toi !... Je fais comme pour Grand-Mam's ; je me concentre très fort, je pense à Chouc's. Il y a tellement de mystère avec la vie. Peut-être que ma tendresse t'arrive et te rend joyeuse, même si tu ne sais pas qu'elle vient de moi. Tu existes forcément, parce que quand je serai grand, je reparlerai, je te rencontrerai, on s'aimera très fort, on se mariera. Et si jamais tu dois mourir la première, je me coucherai à côté de toi, je prendrai un médicament exprès, et on s'en ira tous les deux en même temps. Comme ça tu n'auras pas peur. On sera tellement vieux que ça ne vaudra plus la peine de faire des efforts pour rester.

Tu sais, je pense à une chose : le prof de bio parlait l'autre jour de l'espace et du temps. Il disait qu'une de ces étoiles que tu vois dans le ciel (tu la vois de tous tes yeux) n'existe peut-être plus depuis des centaines ou des millions d'années parce qu'elle a explosé. Bon, si tu imagines l'inverse, c'est-à-dire une planète où il y aurait des gens, encore plus intelligents que nous, alors logiquement ces gens devraient voir la Terre comme elle était autrefois. Plus tu es loin, plus tu vois en arrière dans le temps. Il y a donc toujours un endroit de l'univers d'où on peut nous regarder vivre pourvu qu'on ait une lunette assez puissante. C'est peut-être ça, l'éternité. On n'a pas intérêt à faire des bêtises, des indignités, parce que c'est « enregistré » dans l'espace, comme sur une cassette, ou comme sur un film, si ça se trouve. Je ne vois pas pourquoi il n'y aurait pas des extra-terrestres quelque part dans le ciel tellement il est grand, ou pourquoi, s'il n'y en a pas maintenant, il n'y en aurait pas un de ces jours. Je veux dire n'importe quand. Qu'est-ce que tu en penses ?... Ça donne le vertige, je trouve, l'astronomie, mais j'aime bien. Et si j'essayais d'être astronome ? À force, on doit perdre le vertige et s'habituer à l'idée d'être quasiment rien du tout « dans l'immensité des espaces infinis », comme dit le prof. Ou alors on devient fou. Parfois c'est pour cela que j'envie les chats. Ici on n'a pas de chat ; mais celui d'en face vient toujours se coucher sous le sapin bleu de la cour. C'est une chatte. Je lui caresse le ventre. Grand-Mam's n'aimait pas les chats, mais peut-être que G.P. me permettrait d'en garder un, si celle-là fait des petits. Elle s'appelle Minette. Elle est pleine de poils comme un nounours ; c'est idiot, quand je la regarde longtemps, je la prends pour Dieu. Elle a l'air tellement au-dessus de la situation...

Une petite bébé-chatte, je l'appellerais Chouc's, en souvenir de toi.

Une petite Chouc's de bébé-chatte. Une petite chatte de bébé-Chouc's.

Souvent je t'écris des choses dont je parle avec Balland ; la différence, c'est que toi je t'aime, tandis que lui, non. Une fois j'ai rêvé qu'il était mon père. Il a dit « Ah oui ? », comme d'habitude. S'il croit que c'était un compliment, il se trompe !

12

Balland, Balland... je m'en balance !

Aujourd'hui j'ai parlé chez lui de cette phrase : « Il n'y a pas d'abonné au numéro que vous avez demandé. » Au lieu d'expliquer ce que ça voulait dire en mon for intérieur, ces mots-là, comme il le souhaitait, j'ai repris mon cartable et je suis parti en voulant répéter (histoire de me rendre intéressant !) : « Il n'y a pas d'abonné au numéro que vous avez demandé. »

Mais je me suis trompé, j'ai dit :

« Il n'y a pas de numéro à l'abonné que vous avez demandé. »

Ridicule !

Chouc's, tu existes, tu vis, il y a sûrement un téléphone chez toi. Il y a un numéro de téléphone qui est le tien, dis ?

Depuis cette fichue entrevue avec M. Delahaye, Chouc's, je sais que je dois parler à G.P., je sais. Autrement, il ne sera pas content. Mais tous les jours, je repousse, je trouve des trucs. Par exemple, je dis que j'ai un tas de devoirs en retard. J'ai aussi invité Marco Pilou de mardi soir à jeudi matin. Là, G.P. était content. Avec Marco on est allés dans le bois tirer les moineaux, vu que j'ai une carabine à air comprimé. D'habitude je tire avec de la patate (tu prends une patate, tu la perces avec le bout du tube de la carabine, le morceau de patate reste dedans. Tu tires – clash ! ça s'écrase sur la cible), mais là, on a pris des plombs. G.P. a bien voulu. On a tiré deux moineaux. Tant pis pour eux. Je n'ai pas eu pitié du tout. Si ça t'attriste, tu me pardonneras. Des moineaux, tu sais, c'en est plein partout. J'ose à peine te dire que ça m'a fait plaisir de les avoir. C'est moi qui les ai descendus tous les deux. D'ailleurs Julia connaît une recette. Elle les plume, elle les met dans une très grosse pomme de terre, bien serrés. Et hop, au four. Avec Marco, on a mangé nos deux moineaux. C'était bon. G.P. tue bien n'importe quoi à la chasse. Plus tard j'irai aussi à la chasse. Je tuerai des corbeaux, uniquement.

Parce que les corbeaux qui volent au-dessus de la décharge, c'est dégoûtant.

La décharge, c'est tout droit après le cimetière.

Avant j'y allais souvent, pour récupérer des trucs, maintenant jamais.

« My lady Chouc's, my baby Chouc's,
        you are my destiny
    and I am a poor lonesome cow-boy
        with glasses on the nose. »

Tu vois que je progresse en anglais.

Trois mois que je parle sans voix.

Avec pas de voix, il y a un tas de choses que tu ne peux plus faire :

— les commissions, sauf à Camouth ;

— parler aux gens que tu ne connais pas pour demander quelque chose ;

— répondre au téléphone ;

— discuter dans un groupe.

C'est une sorte d'infirmité.

Depuis qu'il est venu à la maison, rien ne va plus entre M. Delahaye et moi. Vivement les vacances. Je fais exprès d'être désagréable avec lui. Lui, il est gêné, ça se voit.

Avec G.P. ce n'est pas facile non plus. Je le fuis. Je crois qu'il m'en veut.

Nous savons très bien l'un et l'autre pourquoi.

S'il tient absolument à me présenter mon père, pourquoi a-t-il besoin d'en parler justement avec mon prof ? Un prof et un ami, ça fait deux. Hier, en plus, figure-toi, ma petite Chouc's, j'étais en train de revenir de chez Balland pour aller prendre l'autobus, je traverse Jaude... Qu'est-ce que j'aperçois sur mon trottoir qui arrive en face ? M. Delahaye justement, avec une fille qui avait des nattes dans le dos et des lunettes comme les miennes. Genre mon âge ou un peu plus. Il lui parlait. Moi j'étais devant un magasin de chaussures ; j'ai eu tellement peur d'être vu que je suis entré dans la boutique à toute vitesse. Là, ça a été terrible ! La vendeuse me tombe dessus. Je deviens tout rouge, ou tout vert, je ne sais pas. Je cherche désespérément quelque chose qui n'existerait pas comme chaussures dans le magasin, pour me donner le temps d'attendre que Delahaye soit loin. Finalement, je montre à la vendeuse mes tennis, d'un doigt, ma gorge de l'autre et je demande tout bas une paire de lacets. Heureusement j'avais un peu d'argent. J'ai acheté des lacets rouges, parce que les miens n'étaient pas cassés. Elle n'aurait peut-être pas compris que je veuille d'autres lacets blancs.

G.P. et moi, on se fait la gueule.

Balland et moi, on se fait la gueule.

Moi et moi, on se fait la gueule.

Mais toi, je t'aime.

Sans Julia on serait foutus. Julia s'occupe de la maison exactement comme Grand-Mam's. On s'en aperçoit surtout le dimanche parce qu'elle n'y est pas. Ce jour-là, les pièces sont encore plus grandes que d'habitude.

Ce matin on a eu une sacrée conversation, elle et moi. Une conversation extrêmement importante ! Chouc's, je suis un imbécile. Heureusement que Julia m'a fait comprendre.

J'étais en train de laisser refroidir mon chocolat parce que ça m'ennuyait de manger. G.P. était déjà dans son bureau. Tout à coup, Julia regarde mon bol. Elle me regarde et puis elle éclate :

« Nico, ça suffit. Maintenant tu vas boire ton chocolat. Est-ce que tu te rends compte de ce qui se passe ? »

Moi :

« Quoi ? Qu'est-ce qui se passe ? »

Julia :

« Ton Gepetto, il va finir par tomber malade à se faire du souci pour toi. Moi, j'ai les oreilles qui traînent partout. J'entends des choses. Tu deviens tellement difficile à vivre, tellement triste que tu démolis tout le monde ici. Moi aussi, tu m'énerves. Tu ne manges pas, tu ne parles pas, tu es comme une statue. Est-ce que M. Deluze n'est pas assez malheureux comme ça, d'être veuf ? Est-ce que tu crois que Grand-Mam's serait contente de ce que tu fais ? Tu lui gâches la vie, à ton grand-père. Et moi, je sais bien ce qui va arriver. Un jour il en aura assez, et il t'enverra ailleurs. Tu vois ce que je veux dire, "ailleurs" ? Moi, je vois. » (Elle dit toujours « moi ».)

Moi :

« En pension ? Dans une maison de handicapés ? »

Julia :

« Pourquoi pas, en pension ! »

Ma petite Chouc's, j'ai pris mon bol de chocolat. Je l'ai envoyé dans l'évier tellement fort qu'il s'est cassé. J'ai filé dans ma chambre, tout droit. Julia est montée en courant. Elle m'a dit :

« Nico, j'ai peut-être tort. Mais tu devrais faire attention à ton grand-père. »

J'ai pleuré. J'ai essayé d'appeler Grand-Mam's, mais ça ne servait à rien. Elle est morte. C'est ça qu'ils sont en train de manigancer, tous ; de m'envoyer ailleurs, en pension ! Moi, je préfère MOURIR.

Je suis un imbécile.

13

Je t'écris tout bas.

Quand Grand-Mam's est morte, il faisait nuit, Chouc's, comme maintenant.

Je dormais dans mon lit, G.P. dans sa chambre. C'était le tour de Tante Ida d'être à l'hôpital. (La veille j'avais été voir Grand-Mam's. Elle n'avait plus sa cohérence, mais elle m'aimait, elle nous aimait. Ça se voyait. Elle avait encore toute sa vie et sa voix à elle. Elle disait plein de choses comme avant, mais sans ordre. Elle était jolie. Elle avait son foulard avec des oiseaux dessus.)

J'entends du bruit en bas,

je me lève en cachette,

je descends sans me montrer,

je vois Tante Ida qui entre sur la pointe des pieds,

je la suis dans l'ombre.

Elle va à la lingerie. Elle prend des choses, et s'en va. Mais la porte grince, la porte du dehors. Alors G.P. se réveille. Il surgit dans le vestibule tout ébouriffé. Tante Ida et lui se regardent. Elle dit :

« C'est fini. »

Je dis :

« Qu'est-ce qui est fini ? »

En même temps que je comprends.

On s'est pris dans nos bras. Tante Ida seulement pleurait. G.P. et moi on était secs.

Tante Ida a été catégorique. Elle nous a renvoyés au lit G.P. et moi en nous demandant d'attendre l'aube. Elle, elle retournait à Clermont. Je me suis couché à la place de Grand-Mam's. G.P. m'appelait « Mon petit Nico ». J'ai fini par m'endormir contre lui. Quand je me suis réveillé, j'ai eu peur. Une peur terrible. G.P. n'était plus là. Il n'était plus là ! Heureusement il y avait Julia ; elle m'a expliqué qu'on allait ramener Grand-Mam's ici. Je suis allé m'habiller. Quand je suis redescendu, j'ai vu Grand-Mam's, je te l'ai dit, je crois. Ensuite on l'a mise dans le cercueil et le cercueil, sur des petits tréteaux exprès, au milieu du salon. Elle est restée deux jours dans le salon. Les gens venaient dire une prière à la queue leu leu. Ils parlaient tout bas. Moi je préférais qu'ils ne voient pas Grand-Mam's, à cause de la curiosité que je n'aime pas. Et puis sa perruque n'était pas mise comme elle aimait.

Et puis, elle était TROP morte.

Petite Chouc's future,

On est presque en vacances.

Je vais aller promener Nicolas Deluze comme on promène son chien.

G.P. est très courageux. Il organise. Mais j'ai peur qu'il ne m'aime plus. J'ai peur qu'il me mette en pension à la rentrée et qu'il veuille me faire connaître mon père pour que ce soit lui qui m'annonce la nouvelle, voilà.

Voilà, voilà, ma Chouc's.

Moi, la pension, ça me terrifie. Tu n'es jamais tout seul. Tu as toujours quelqu'un sur le dos. Tu n'as plus ta chambre. Tu ne peux plus écrire à Chouc's quand G.P. travaille dans son bureau et qu'il croit que tu dors.

S'ils me mettent en pension, je me sauve.

Je vais où ?

Je reviens ici, je me cache dans le grenier. Et je vais chercher de quoi manger dans le frigo, quand Julia n'est pas là. Et je refuse tout... le docteur Balland, de travailler, de manger. Tout.

75

Ou alors je m'en vais à pied à travers le monde et je te cherche, je te cherche jusqu'à ce que je te trouve.

Je suis sûr que je te reconnaîtrai.

Mais toi ?

Je suis tellement banal !

14

Encore un mois sans t'écrire.

Et puis...

Chouc's, Chouc's, Chouc's.

Si tu savais !

Écoute-moi bien avec tes deux yeux grands ouverts en guise d'oreilles !

(Du calme, du calme, Nico Deluze. Reprenons les choses au début.)

L'autre soir, en rentrant, j'ai surpris G.P. la tête dans ses mains assis à la table de la salle à manger. Il restait comme ça sans bouger. J'ai toussé, mais il n'a pas entendu. Alors je suis monté dans ma chambre.

J'étais troublé. Je comprenais brusquement que ce doit être pire de perdre sa femme que sa grand-mère (seulement G.P. est tellement courageux et ordonné, que j'avais cru qu'il supportait). Du coup, je me suis décidé. Je me suis dit : « Nico, tu as atteint la limite, il faut parler à G.P. »

Après dîner, je lui ai demandé si on pouvait aller faire un tour au jardin pour regarder les étoiles. J'essayais d'être gai, mais j'y arrivais mal, et G.P., je crois, était vraiment fatigué.

Sur le chemin j'arrive à dire :

« G.P., pourquoi veux-tu absolument que je connaisse mon père ? On s'est très bien passés de lui jusqu'à présent ! »

G.P. me répond :

« Nico, j'ai soixante ans. Je ne suis pas une compagnie pour un type de ton âge. Tu te mets à avoir un tas de problèmes depuis la mort de Grand-Mam's. Tout ce qu'on a tenté pour te tirer d'affaire ne donne rien. Le docteur Balland et moi nous pensons que ton existence a besoin de changer. Connaître ton père est une solution. Lui-même le souhaite. Sa femme aussi. Ils ont une fille très mignonne, tu le sais, et tu ne cherches même pas à savoir son nom, son âge, rien, zéro ! »

Me voilà de nouveau bloqué, ma Chouc's. Impossible de dire un mot. G.P. continue. Plus il s'énerve, plus je me tais.

« À la fin, Nico, je vais être obligé de décider pour toi. Contrairement à M. Delahaye, je pense qu'on n'a pas besoin d'attendre que Monsieur Nicolas "manifeste le désir" (il dit ça durement) de sortir de lui-même. »

Moi :

« Oh, celui-là, M. Delahaye, laisse-le tranquille, je déteste qu'il s'occupe de mes affaires. »

Tout à coup G.P. s'arrête, et, lui qui est si calme, si gentil, voilà qu'il se met dans une colère noire :

« Et puis d'abord, Nico, qu'est-ce qui te dit que j'ai envie de t'élever ? Est-ce que tu crois que ça me fait plaisir de jouer les nounous, de m'occuper de tes études, de tes vacances, de t'emmener partout où je vais, de parler à voix basse ? Et si je mourais, Nico, qui s'occuperait de toi ? Hein ? Dis-le-moi. Un grand-père, ça ne fait pas une famille. Et ton grand-père, il en a par-dessus la tête de son petit-fils ! Oui, par-dessus la tête ! Je ne te supporte plus comme ça ! Si ton père te veut, qu'il te prenne ! »

Je regarde G.P. Je suis foudroyé. En une seconde, je prends mes jambes à mon cou et je cours, je cours, je cours. G.P. ne risque pas de me rattraper. Je ne me retourne même pas pour voir s'il suit.

Où je vais ?

Pas à la maison, pas chez quelqu'un, pas dans la

forêt. Je prends des chemins compliqués, je cours
« à la folie », je vais au cimetière. La porte est toujours ouverte. Je vais voir Grand-Mam's. Je sanglote.
Je lui dis que G.P. est un sale type, que mon père
est un sale type. Qu'elle aurait dû se retenir au lieu
de mourir. Je suis dans le plus profond désarroi. J'ai
envie d'entrer dans le tombeau et d'être à côté de
Grand-Mam's, complètement mort.

Je décide que je suis mort.

Je me couche sur la tombe. Je me concentre très
fort. Je deviens lourd comme un caillou pour
m'incruster dedans.

J'arrête de respirer, de bouger, de penser.

Mais c'est impossible, je suis bourré comme un
œuf.

Je n'arrive pas à m'« arrêter ».

Je n'arrive pas à mourir.

Il y a trop d'images dans ma tête. Elles se pro-
mènent jusqu'au bout de mes doigts et de mes sou-
liers.

Je suis un explosif qui n'explose pas.

Je suis traversé, mélangé, labouré. J'ai mal nulle
part et mal partout.

Je suis couché comme Grand-Mam's.

Je suis dur comme elle.

Je n'ose pas penser à ma mère en dessous depuis
tant d'années.

Mais voilà, je ne suis pas mort.

On devrait pouvoir appuyer sur un bouton pour arrêter de vivre.

Je suis vivant malgré moi.

En plus, il fait froid.

En plus il fait nuit. Qu'est-ce que je vais devenir ? Me taper la tête sur le marbre ? Je me dresse debout tout à coup. Je deviens fou : je vois les pots de fleurs, je les attrape, je les jette contre le nom de ma mère sur la plaque. Je renifle, je fais tellement de bruit que je n'entends plus rien. Je pleure tellement que je ne vois plus rien. J'ai explosé.

Quand tout a été en miettes, j'ai reniflé un grand coup et je me suis retourné pour m'assurer que la nuit était toujours la nuit.

Tu sais qui j'ai vu derrière moi ?

G.P. Il était là.

J'ai crié « Gepetto ! » J'ai crié avec de la voix, de la vraie voix, et je me suis jeté sur lui. Je l'ai bourré de coups de poing, de coups de pied. Il avait du mal à se protéger. Et puis j'ai tapé moins fort parce qu'il me serrait contre lui. Il disait :

« Mon petit Nico. Mon petit Nico. »

Il pleurait.

Sa voiture était devant le cimetière. Il m'a ramené à la maison. J'avais encore des sanglots. Alors G.P. m'a déshabillé et m'a couché dans son lit. Il m'a pris dans ses bras, comme la nuit où Grand-Mam's était morte. Et puis il m'a parlé. Il m'a dit qu'il ne voulait pas se séparer de moi, que j'étais tout ce qui lui restait au monde. Qu'il s'était mis en colère parce que lui aussi de temps en temps, il redevenait un petit garçon.

Il m'a dit qu'on ne se séparerait jamais, que ce n'était pas le problème, sauf si moi je voulais. Il m'a dit qu'il était mon père et ma mère à lui tout seul maintenant.

Ensuite il a ajouté que si je devais rencontrer mon vrai père, sa femme, et ma sœur, c'était parce que lui aussi, il pouvait un jour disparaître comme Grand-Mam's (il a bien dit « disparaître ») et qu'alors, il me faudrait une famille. Il a ajouté qu'il était en bonne santé et qu'il n'allait sûrement pas « disparaître » comme ça, mais que c'était son devoir d'y penser, à son âge.

Il m'a caressé les cheveux.

J'étais bien.

On a failli s'endormir avant la fin, heureusement, je me suis repris à la limite et j'ai dit, j'ai dit avec de la voix :

« G.P., je te promets de rencontrer mon père, si tu me promets que je reste avec toi. »

Il a été d'accord. Vraiment d'accord. Ce n'était pas de la blague. Il avait juste effleuré cette idée de m'envoyer vivre chez mon père ou en pension. C'était juste un coup de colère.

Depuis, je reparle. Chouc's, je reparle !

Enfin je reparle à peu près. De temps en temps « ça graillonne » et, de toute façon, comme on n'a plus que cinq jours de classe, au collège je continue de chuchoter : pas besoin d'ameuter les foules. À la rentrée, ça passera avec le bronzage, non ?

Avec G.P., ça va beaucoup mieux. Maintenant, on rit.

Balland était complètement baba quand je suis entré chez lui en disant « Bonjour, Monsieur ! » Comme il ne comprend vraiment rien par lui-même, je lui ai expliqué que j'avais décidé de rencontrer mon père, un de ces jours, et qu'on s'était mis d'accord là-dessus avec G.P. J'ai ajouté que je n'irais pas habiter chez mon père, ni rien, jusqu'à ma majorité, parce que d'ici là G.P. avait drôlement besoin que je m'occupe de lui. Le docteur Balland m'a dit : « Bon, c'est très bien » et puis « Au revoir ». Je vais aller encore une fois ou deux chez lui avant de partir à la mer avec G.P. On va à la mer.

15

Chouc's, je suis vraiment plus intelligent maintenant que je reparle, tu ne peux pas savoir. Pourtant, Grand-Mam's est toujours aussi inaccessible, et je dois décider comment on va s'y prendre pour mon père...

J'ai beaucoup réfléchi.

Je vais lui écrire. Je donnerai la lettre à Delahaye le dernier jour de classe ; comme ça, il verra que je ne lui en veux pas de s'être mêlé de mes affaires. Dans le fond c'est bien le plus sympa de nos profs, si tu réfléchis.

G.P. est d'accord pour que j'écrive. Il dit que rien ne presse, que je peux très bien rencontrer mon père après les vacances, qu'il faut que je m'habitue à l'idée. Il a juré (juré-craché-par-terre) que je n'irai pas vivre chez lui du moment qu'on est bien tous les deux, ici, avec Julia, et qu'il n'est pas malade.

Une seconde de publicité :

« Pas de Nico sans Gepetto

Pas de Gepetto sans Nico. »

Alors, j'ai écrit à mon père, ce soir, avec du carbone pour que tu aies le double. Je me suis appliqué :

Cher Monsieur,

C'est très aimable à vous de me faire l'honneur de vous intéresser à moi pour le cas où je manquerais d'une famille. Il ne faut pas m'en vouloir si je n'ai pas répondu à votre demande de ces derniers temps, parce que j'étais très occupé par mon grand-père après la disparition de son épouse, qui m'a touché aussi beaucoup, mais je suis plus jeune.

Je comprends que vous n'ayez pas eu la nécessité de vous occuper de moi plus tôt, vu que j'étais très très bien ici, à la maison. Maintenant je suis assez âgé pour réfléchir à la situation.

Je suis d'accord pour que nous fassions connaissance, mais d'abord je préfère vous écrire et que vous me répondiez.

Supposons que mon grand-père vienne à « disparaître » comme il dit, alors j'aurai besoin de vous, mais il est en très bonne santé, on ne doit pas penser à ça. Je sais que vous avez une fille, supposons aussi qu'elle vienne à disparaître, alors je vous promets que je viendrai vous voir souvent ; mais pas vivre avec vous, sans vous choquer, parce que je suis habitué autrement.

Je vous envoie ma photo, avec les lunettes, sinon vous seriez étonné que j'en aie, quand on se verra. Elles ont des verres épais.

Est-ce que vous voulez bien répondre à mes questions ?

— Comment vous vous appelez, vous, votre femme et votre fille ?

— Quel âge a votre fille ?

— Qu'est-ce que vous faites comme métier ?

— Qu'est-ce que vous aimez comme loisirs ?

— Où vous habitez ?

Quand nous nous verrons, ce que j'aimerais, c'est qu'on fasse comme si vous n'étiez pas mon père, mais un ami. Ainsi je pourrai vous appeler d'abord « Monsieur », c'est plus naturel quand on ne connaît pas quelqu'un. Par la suite, si vous vous entendez bien avec moi, de même que votre famille, on pourrait se rencontrer de temps en temps pour aller au cinéma ou au restaurant.

Je suis assez timide.

Une chose dont je veux être sûr, c'est que nous ne parlerons pas de ma mère, ni de l'accident de train.

Je vous prie de recevoir l'agrément de mes respects.
Nicolas Deluze.

Chouc's, ça y est. J'ai donné la lettre à M. Delahaye. Il est devenu tout rouge. Je lui ai dit : « C'est pour mon père » avec de la voix. Je croyais l'étonner en lui parlant fort, mais il n'a pas eu l'air de faire attention : il regardait l'enveloppe.

Comme je ne sais pas le nom de mon père (quand j'ai demandé à G.P., il a dit : « Plus tard, plus tard ! Ce sera une surprise : il a un nom bizarre »), j'avais mis : « à Monsieur le père de Nicolas Deluze ».

Les autres élèves étaient déjà partis, j'ai tendu la main à M. Delahaye pour lui dire au revoir, mais il ne l'a pas prise. Il avait une expression vraiment bizarre, celle de quelqu'un à qui il arrive une chose très importante. Il m'a dit :

« Tiens, c'est les vacances, je t'embrasse. On se reverra sûrement. »

Il m'a embrassé.

Ça m'a fait tout drôle.

Je suis rentré avec le ramassage, le dernier de l'année scolaire. On dit « ramassage » pour les élèves comme pour les ordures et pour les pommes de terre. C'est un mot moche, « ramassage » !

Ma Chouc's, ma chouette Chouc's secrète, je vais bientôt partir en vacances avec G.P. On va dans un genre de centre où tu as ta chambre, où tu es nourri et où tu fais des activités sportives. Il y aura des groupes de jeunes et des groupes de vieux, si j'ai bien compris, comme ça G.P. pourra se faire des amis de son côté et moi du mien. Je prendrai des photos, pour te les montrer plus tard.

J'espère que mon père va me répondre avant qu'on s'en aille.

Ça y est. G.P. m'a apporté la lettre. Il l'a mise sur mon bureau, en souriant, et ne m'a rien demandé.

J'ai eu le cœur battant.

Elle est tapée à la machine. Je la colle ici, en dessous.

Cher Nicolas,

J'ai été très heureux de recevoir ton mot. Rassure-toi, j'avais parfaitement compris tes réticences à me rencontrer, car tu as toutes les raisons du monde de détester un père que tu n'as jamais connu.

Nous ne parlerons pas de ta maman, d'accord. Sache seulement qu'elle m'était très chère et que nous avons payé de beaucoup de souffrance cet épisode de notre vie. Je te dirai tout ce que tu voudras savoir lorsque tu auras mon âge, si, alors, tu le désires...

Je te remercie pour ta photo. Tu es très bien. Est-ce que je peux quand même te dire que je te connaissais déjà et que depuis douze ans que tu existes, j'ai suivi pas à pas ta carrière d'enfant ? Si je n'ai jamais voulu m'introduire dans ta vie privée, c'est que tu semblais parfaitement heureux avec tes grands-parents. Ta grand-mère t'a vraiment élevé comme un fils.

Lorsqu'elle a été malade, si brutalement, elle-même et M. Deluze ont dû envisager différemment ton avenir. Nous en avons parlé ensemble. Nous avons pensé qu'il était souhaitable que tu me connaisses, et que nous apprenions à nous aimer.

Ce qui n'est pas facile pour toi, ne le sera pas non plus pour Daisy. Daisy, c'est ma fille. Elle ignore qu'elle a un frère de deux ans plus jeune qu'elle. J'aurai besoin de ton aide pour qu'elle s'accoutume à cette idée, si nous décidons avec toi de lui en parler.

Je m'appelle Yves, ma femme Brigitte. Je ne lui montrerai pas tes lettres, rassure-toi. Mais je lui ai dit que tu préférais que nous nous écrivions d'abord, pour que nous soyons comme des amis, sans jouer au père et au fils obligatoires. Elle trouve que c'est une excellente façon de procéder. Tu pourras l'appeler Brigitte et moi Yves. Elle est journaliste. Je suis fonctionnaire.

Pour mon nom de famille, je suis obligé de le garder secret encore quelque temps. Continue d'envoyer tes lettres à M. Delahaye. Il me les fera suivre. Nous habitons dans le même immeuble. C'est un curieux hasard. Tu mets :

Yves c/o M. Delahaye
8, rue Sainte-Odile
Clermont-Ferrand.

P.S. Je t'envoie une photo de Brigitte et de Daisy
(je n'en ai pas de moi pour le moment, mais je vais
aller dans un Photomaton ces jours-ci).

Ton père : Yves.

Chouc's, je me suis jeté sur la photo. La mère a
un « jean » et un pull. Elle a l'âge de la mère de tout
le monde, assez jeune. Rien à dire. Elle est présentable. Daisy, on la voit moins bien. Elle a l'air plutôt jolie. C'est curieux, je suis sûr, absolument sûr
de l'avoir déjà vue quelque part. En tout cas pas au
collège, ça, je m'en souviendrais ; tu finis par repé-
rer toutes les têtes, mais où ? Bon sang, où ? Je ne
trouve pas.

Pour mon père, je suis rassuré.

Ce sera juste un ami. Il peut bien s'appeler « Poubelle », ça m'est égal. On ne dira RIEN à sa fille. Je
ne parlerai de RIEN avec sa femme. On fera exactement comme si j'étais le petit Deluze, celui de G.P.
Point.

Ce sera un secret entre nous deux : Yves, et moi,
Nicolas.

Un secret de paternité.

Le jour où nous nous marierons, Chouc's, je
l'inviterai avec sa femme et sa fille Daisy, je te le

montrerai. Je te dirai : « Chouc's, c'est mon père »,
et personne n'en saura rien.

Ma petite Chouc's chérie, ça y est, les valises sont
prêtes. On embarque. Je ne prends pas ce cahier
parce qu'il est quasiment fini. Il reste seulement une
page blanche.

Hier j'ai envoyé en vitesse un mot à mon père sur
un carton.

*Êtes-vous d'accord pour le secret de paternité
entre vous et moi tant que G.P. sera vivant ?*

Il a téléphoné à la maison. Je n'y étais pas. G.P. a
pris le message.

D'accord pour le secret de paternité. Yves.

(En fait j'étais là, mais G.P. ne m'a pas trouvé.
Tant mieux.)

Mais alors le plus secret de tout, Chouc's, un
secret pour toi toute seule et que j'emporte à la mer
avec les valises, c'est qu'hier soir en rangeant mes
affaires, j'ai retrouvé les lacets rouges ; et tout à coup
qui j'ai vu dans ma tête, qui j'ai vu, devine ?

Tu as deviné, non ?

Une demoiselle avec des nattes dans une rue, à
Jaude... la même qu'une autre, celle de la photo...
une certaine Daisy, fille de M. Delahaye !

Pas question que je le dise à G.P. ces temps-ci.

Moi, je vais bien, maintenant.

Tandis que lui, il reste fragile.

P.S. Julia m'a dit que la minette attend des petits et qu'elle va m'en garder un pour le retour des vacances.

Je t'embrasse, Chouc's, de toutes mes forces.

Nicolas.

NICOLE SCHNEEGANS

Nicole Schneegans est née en Auvergne. Elle a suivi des études de lettres à Paris, avant de devenir professeur de français. Elle vit maintenant à Grenoble où elle partage son temps entre l'écriture de ses romans et son travail au CRDP de la région. Elle dit tenir de son grand-père l'amour des mots et de l'écriture. *La plus grande lettre du monde* est d'abord paru chez Rageot, dans la collection Cascade.

Composition JOUVE - 53100 Mayenne
No 293645b
Imprimé en France par Hérissey - N° 97862
Dépôt éditeur n° 52280
32.03.1879.9/07 - ISBN : 2.01.321879.6
Loi n° 49-956 du 16 juillet 1949 sur les publications destinées à la jeunesse
Dépôt légal : octobre 2004